sonetos

Inclui notas explicativas para os termos não usuais.

O livro é a porta que se abre para a realização do homem.
Jair Lot Vieira

Luís de Camões

sonetos

Via Leitura

Grafia conforme o novo Acordo Ortográfico da Língua Portuguesa. Apenas nos sonetos em que essa atualização comprometia a métrica, manteve-se a forma original.

1ª edição, 2016

Editores: Jair Lot Vieira e Maíra Lot Vieira Micales
Seleção e referências: Thiago Santos
Produção editorial: Denise Gutierres Pessoa
Capa: Marcela Badolatto | Studio Mandragora
Revisão e notas: Mariana Góis e Tatiana Tanaka
Editoração eletrônica: Estúdio Design do Livro

Dados Internacionais de Catalogação na Publicação (CIP)
(Câmara Brasileira do Livro, SP, Brasil)

Camões, Luís de, 1524-1580.
Sonetos / Luís de Camões. - São Paulo : Via Leitura, 2016.
- (Biblioteca Luso-brasileira).

ISBN 978-85-67097-32-9

1. Poesia lírica 2. Sonetos portugueses

I. Título. II. Série.

16-02824 CDD-869.1042

Índices para catálogo sistemático:
1. Sonetos camonianos : Poesia lírica : Literatura portuguesa 869.1042

VIA LEITURA
São Paulo: Fone (11) 3107-4788 • Fax (11) 3107-0061
Bauru: Fone (14) 3234-4121 • Fax (14) 3234-4122
www.vialeitura.com.br

SUMÁRIO

Nota do editor, *8*

SONETOS

A formosura desta fresca serra, *11*
Ah, minha Dinamene! Assim deixaste, *12*
Alegres campos, verdes arvoredos, *13*
Alma minha gentil, que te partiste, *14*
Amor, co'a esperança já perdida, *15*
Amor é um fogo qu'arde sem se ver, *16*
Apartava-se Nise de Montano, *17*
Apolo e as nove musas, descantando, *18*
Busque amor novas artes, novo engenho, *19*
Cá nesta Babilônia donde mana, *20*
Cara minha inimiga, em cuja mão, *21*
Como fizeste, Pórcia, tal ferida?, *22*
Como quando do mar tempestuoso, *23*
Dai-me uma lei, senhora, de querer-vos, *24*
Debaixo desta pedra está metido, *25*
De tão divino acento e voz humana, *26*
De vós me aparto, ó vida, em tal mudança, *27*
Ditoso seja aquele que somente, *28*
Em formosa Lethea se confia, *29*
Em flor vos arrancou, de então crescida, *30*
Enquanto quis fortuna que tivesse, *31*
Esforço grande, igual ao pensamento, *32*
Está-se a Primavera trasladando, *33*

Está o lascivo e doce passarinho, *34*
Eu cantarei d'amor tão docemente, *35*
Ferido sem ter cura perecia, *36*
Fiou-se o coração, de muito isento, *37*
Foi já num tempo doce coisa amar, *38*
Gram tempo há já que soube da ventura, *39*
Lembranças saudosas, se cuidais, *40*
Lindo e sutil trançado, que ficaste, *41*
Males, que contra mim vós conjurastes, *42*
Mudam-se os tempos, mudam-se as vontades, *43*
Na metade do céu subido ardia, *44*
Na ribeira do Eufrates assentado, *45*
Naiades, vós que os rios habitais, *46*
Num bosque que das ninfas se habitava, *47*
O céu, a terra, o vento sossegado, *48*
O cisne quando sente ser chegada, *49*
O culto divinal se celebrava, *50*
O dia, hora em que nasci morra e pereça, *51*
O fogo que na branda cera ardia, *52*
O quão caro me custa o entender-te, *53*
O raio cristalino s'estendia, *54*
O tempo acaba o ano, o mês e a hora, *55*
Oh, como se me alonga d'ano em ano, *56*
Os reinos e os impérios poderosos, *57*
Os vestidos Elisa revolvia, *58*
Passo por meus trabalhos tão isento, *59*
Pede o desejo, dama, que vos veja, *60*
Pelos extremos raros que mostrou, *61*
Pensamentos, qu'agora novamente, *62*
Quando da bela vista e doce riso, *63*

Quando de minhas mágoas a comprida, *64*
Quando vejo que meu destino ordena, *65*
Quantas vezes do fuso s'esquecia, *66*
Que me quereis perpétuas saudades?, *67*
Que poderei do mundo já querer, *68*
Quem jaz no grão sepulcro, que descreve, *69*
Quem pode livre ser, gentil senhora, *70*
Quem quiser ver d'Amor uma excelência, *71*
Se alguma hora em vós a piedade, *72*
Se as penas com que amor tão mal me trata, *73*
Se depois d'esperança tão perdida, *74*
Se tanta pena tenho merecida, *75*
Se tomar minha pena em penitência, *76*
Sete anos de pastor Jacó servia, *77*
Suspiros inflamados que cantais, *78*
Tanto de meu estado m'acho incerto, *79*
Tempo é já que minha confiança, *80*
Tomava Deliana por vingança, *81*
Tomou-me vossa vista soberana, *82*
Transforma-se o amador na coisa amada, *83*
Vencido está de amor meu pensamento, *84*
Verdade, amor, razão, merecimento, *85*
Vós, ninfas da gangética espessura, *86*
Vós, que d'olhos suaves e serenos, *87*
Vossos olhos, senhora, que competem, *88*

Referências, *89*

NOTA DO EDITOR

Esta obra apresenta 78 sonetos de Luís de Camões, extraídos, em sua maioria, de *Rimas* (1598), segunda impressão da primeira compilação de poesias líricas do autor. Agregam-se ao *corpus* desta edição, ainda, poemas coletados de obras intituladas *Sonetos* – a primeira (1880) composta pelos editores José Victorino Barreto Feio e José Gomes Monteiro, e a segunda (1913) editada por Teophilo Braga.

Os 65 sonetos primeiramente selecionados fazem parte do cânone mínimo estabelecido pelo professor Leodegário Amarante de Azevedo Filho e publicado em 1990 em sua obra *Introdução à lírica de Camões*. Esta e outras propostas de cânone mínimo visam a estabelecer quais obras apresentam mais indícios sólidos de terem sido realmente compostas por Camões, dado que o poeta publicou apenas um soneto em vida e diversas falsas atribuições lhe foram feitas ao longo dos séculos, em edições póstumas.

Os critérios para o estabelecimento do cânone mínimo utilizados por Azevedo foram propostos inicialmente na década de 1960 pelo professor Emmanuel Pereira Filho. Almejando métodos mais objetivos para a construção de um índice básico de autoria, Pereira apoiou sua análise em três pontos principais: a) o testemunho quinhentista, ou seja, o registro físico que comprove que o texto foi escrito no século XVI; b) a exigência de três testemunhos, sendo que parte deles pode ser colhida de textos posteriores ao século XVI, desde que remetam a outros documentos da época; c) a incolumidade dos testemunhos, ou seja, que eles não tenham tido sua legitimidade contestada em documentos posteriores conhecidos pela crítica.

Na primeira aplicação deste método, Pereira chegou a um índice básico de 37 sonetos. A análise incluiu quatro obras impressas – *Rhythmas* (1595), *Rimas* (1598), *Ode ao conde do Redondo* (1563) e *Sonetos e tercetos dedicados a d. Leonis Pereira* (1576) – e quatro manuscritos –

História da província Santa Cruz, o manuscrito apenso a um exemplar de *Rhythmas*, o cancioneiro de Luiz Franco Correa e o cancioneiro do padre Pedro Ribeiro.

Em face dos novos documentos descobertos após a morte de Pereira, em 1968, Azevedo substituiu o tríplice testemunho quinhentista pelo duplo testemunho incontroverso. Após a análise dos documentos disponíveis, em especial o surgimento de diversos cancioneiros manuscritos, alguns sonetos foram excluídos da lista estabelecida por Pereira, e outros, acrescentados, chegando-se a um índice básico de 65 sonetos.

É importante ressaltar que os critérios estabelecidos pelos professores não visam a impossibilitar, por exemplo, a atribuição a Camões de diversos poemas para os quais há inúmeros indícios de autoria, mas que são excluídos do índice básico por aparecerem episodicamente com autoria atribuída a outros. O objetivo é estabelecer um ponto de partida para a crítica literária ao autor, frente aos sucessivos fracassos de montagem de um cânone completo.

Em nossa edição, acrescentamos ainda uma relação de outros 13 poemas que não aparecem no cânone básico estabelecido pelos estudos citados. Esses poemas fazem parte da lista de leitura obrigatória da Comissão Permanente para os Vestibulares da Unicamp (Comvest), e sua inclusão neste volume tem por objetivo torná-lo uma ferramenta de estudo também para os vestibulandos.

Os sonetos selecionados seguem as formas estabelecidas em *Rhythmas* e em *Rimas*, primeiras coletâneas impressas dedicadas a Camões, publicadas mais de uma década depois de sua morte. Foi feita, contudo, a atualização gramatical do texto, exceto em palavras cuja alteração poderia afetar o ritmo do poema – nesses casos, preservamos a forma original e acrescentamos notas explicativas. Alguns dos sonetos aqui reunidos não aparecem em edições impressas quinhentistas. Neles, foram observadas as formas estabelecidas nas edições modernas de *Sonetos* apresentadas anteriormente. A pontuação dos versos segue o estabelecido nas edições modernas, com pequenas adaptações quando consideradas necessárias pela edição.

A formosura desta fresca serra,
E a sombra dos verdes castanheiros,
O manso caminhar destes ribeiros,
Donde toda a tristeza se desterra;

O rouco som do mar, a estranha terra,
O esconder do sol pelos outeiros,
O recolher dos gados derradeiros,
Das nuvens pelo ar a branda guerra:

Enfim, tudo o que a rara natureza
Com tanta variedade nos ofr'ece,
M'está (se não te vejo) magoando.

Sem ti tudo me enoja, e me aborrece;
Sem ti perpetuamente estou passando
Nas mores[1] alegrias mor tristeza.

1. Mores: maiores.

Ah, minha Dinamene![1] Assim deixaste
Quem nunca deixar pode de querer-te!
Que já, ninfa gentil, não possa ver-te!
Que tão veloz a vida desprezaste!

Como por tempo eterno te apartaste
De quem tão longe andava de perder-te?
Puderam essas águas defender-te
Que não visses quem tanto magoaste?

Nem somente falar-te a dura morte
Me deixou, qu'apressada o negro manto
Lançar sobre os teus olhos consentiste.

Oh, mar! Oh, céu! Oh, minha escura sorte!
Qual vida perderei que valha tanto,
Se ainda tenho por pouco o viver triste?

1. Dinamene: a jovem chinesa Tin Nam Men, amante de Camões.

Alegres campos, verdes arvoredos,
Claras e frescas águas de cristal,
Qu'em vós os debuxais[1] ao natural,
Discorrendo da altura dos rochedos:

Silvestres montes, ásperos penedos
Compostos em concerto desigual;
Sabei que sem licença de meu mal
Já não podeis fazer meus olhos ledos.[2]

E pois me já não vedes como vistes,
Não me alegrem verduras deleitosas,
Nem águas que correndo alegres vêm.

Semearei em vós lembranças tristes,
Regando-vos com lágrimas saudosas,
E nascerão saudades de meu bem.

1. Debuxais: desenhais os contornos de; esboçais; rascunhais.
2. Ledos: que revelam ou sentem alegria, júbilo, felicidade; contentes, risonhos, prazenteiros.

Alma minha gentil, que te partiste
Tão cedo desta vida descontente,
Repousa lá no céu eternamente,
E viva eu cá na terra sempre triste.

Se lá no assento etéreo, onde subiste,
Memória desta vida se consente,
Não t'esqueças daquele amor ardente,
Que já nos olhos meus tão puro viste.

E se vires que pode merecer-te
Alguma coisa a dor que me ficou
Da mágoa, sem remédio, de perder-te,

Roga a Deus que teus anos encurtou,
Que tão cedo de cá me leve a ver-te,
Quão cedo de meus olhos te levou.

Amor, co'a esperança já perdida
Teu soberano templo visitei:
Por sinal do naufrágio que passei,
Em lugar dos vestidos, pus a vida.

Que queres mais de mim, que destruída
Me tens a glória toda que alcancei?
Não cuides de forçar-me, que não sei
Tornar a entrar onde não há saída.

Vês aqui alma, vida e esperança,
Despojos[1] doces de meu bem passado,
Enquanto quis aquela em quem eu moro.

Nela podes tomar de mim vingança
E s'inda não estás de mim vingado,
Contenta-te co'as lágrimas que choro.

1. Despojo: tudo aquilo que sobra; resto, fragmento. Ato ou efeito de despojar(-se); despojamento.

Amor é um fogo qu'arde sem se ver;
É ferida que dói e não se sente;
É um contentamento descontente;
É dor que desatina sem doer;

É um não querer mais que bem querer;
É um andar solitário entre a gente;
É nunca contentar-se de contente;
É um cuidar que ganha em se perder;

É querer estar preso por vontade;
É servir a quem vence o vencedor;
É ter com que nos mata lealdade.

Mas como causar pode seu favor
Nos corações humanos amizade,
Se tão contrário a si é o mesmo Amor?

Apartava-se Nise de Montano,[1]
Em cuja alma, partindo-se, ficava;
Que o pastor na memória a debuxava,
Por poder sustentar-se deste engano.

Pelas praias do Índico Oceano
Sobre o curvo cajado s'encostava,
E os olhos pelas águas alongava,
Que pouco se doíam de seu dano.

Pois com tamanha mágoa e saudade,
(Dizia) quis deixar-me a em qu'eu moro,
Por testemunhas tomo céu e estrelas.

Mas se em vós, ondas, mora piedade,
Levai também as lágrimas que choro,
Pois assim me levais a causa delas.

1. Montano: foi um religioso e profeta da Ásia Menor, que praticava sua religião sob o domínio de um espírito, sem fundamentação bíblica ou interpretação sólida.

Apolo[1] e as nove musas, descantando[2]
Com a dourada lira, me influíam
Na suave harmonia que faziam,
Quando tomei a pena, começando:

Ditoso seja o dia e hora, quando
Tão delicados olhos me feriam!
Ditosos os sentidos que sentiam
Estar-se em seu desejo traspassando!

Assim cantava, quando amor virou
A roda, a esperança que corria,
Tão ligeira, que quase era invisível.

Converteu-se em noite o claro dia;
E se alguma esperança me ficou,
Será de maior mal, se for possível.

1. Apolo: uma das principais divindades romanas, filho de Zeus e Leto. Símbolo de inspiração profética e artística, era o patrono do Oráculo de Delfos e líder das musas.
2. Descantando: cantando com acompanhamento instrumental.

Busque amor novas artes, novo engenho
Para matar-me, e novas esquivanças;[1]
Que não pode tirar-me as esperanças,
Que mal me tirará o qu'eu não tenho.

Olhai de que esperanças me mantenho!
Vede que perigosas seguranças!
Que não temo contrastes nem mudanças,
Andando em bravo mar, perdido o lenho.

Mas com quanto não pode haver desgosto
Onde esperança falta, lá m'esconde
Amor um mal, que mata, e não se vê.

Que dias há que n'alma me tem posto
Um não sei que, que nasce não sei onde;
Vem não sei como; e dói não sei por quê.

1. Esquivança: esquivamento, pouca disposição para o trato, para a convivência; insociabilidade; esquivamento, desdém, esquisitice.

Cá nesta Babilônia donde mana
Matéria a quanto o mal o mundo cria;
Cá donde o puro amor não tem valia;
Que a mãe, que manda mais, tudo profana;

Cá donde o mal se afina, o bem se dana;
E pode mais que a honra a tirania;
Cá donde a errada e cega monarquia
Cuida que um nome vão a Deus engana;

Cá neste labirinto onde a nobreza,
O valor e o saber pedindo vão
Às portas da cobiça e da vileza;

Cá neste escuro caos de confusão
Cumprindo o curso estou da natureza.
Vê se me esquecerei de ti, Sião!

Cara minha inimiga, em cuja mão
Pôs meus contentamentos a ventura,[1]
Faltou-te a ti na terra sepultura,
Porque me falte a mim consolação.

Eternamente as águas lograrão[2]
A tua peregrina formosura:
Mas enquanto me a mim a vida dura,
Sempre viva em minh'alma t'acharão.

E se meus rudes versos podem tanto,
Que possam prometer-te longa história
Daquele amor tão puro e verdadeiro;

Celebrada serás sempre em meu canto:
Porque enquanto no mundo houver memória,
Será minha escritura teu letreiro.

1. Ventura: sorte (boa ou má); fortuna, destino, acaso.
2. Lograrão: obterão aquilo a que têm direito ou que desejam; alcançarão, desfrutarão.

Como fizeste, Pórcia,[1] tal ferida?
Foi voluntária, ou foi por inocência?
Mas foi fazer amor experiência
Se podia sofrer, tirar-me a vida.

E com teu próprio sangue te convida
A não pores à vida resistência?
Ando-me acostumado à paciência,
Porque o temor à morte não impida.[2]

Pois porque comes logo fogo ardente,
Se a ferro te costumas?[3] Porque ordena
Amor que morra, e pene juntamente.

E tens a dor do ferro por pequena?
Sim: que a dor costumada não se sente;
E eu não quero a morte sem a pena.

1. Pórcia: era a esposa de Bruto, o assassino de César. Ao suspeitar das intenções do marido em relação ao ditador, provocou um profundo ferimento em sua coxa para mostrar que conseguia suportar a dor. Bruto revelou-lhe a conspiração, e ela deu a Bruto a espada que usou para matar César.
2. Impida: impeça (forma arcaica do verbo *impedir*).
3. Costumas: te habituas a (alguma coisa); acostumas.

Como quando do mar tempestuoso
O marinheiro lasso[1] e trabalhado,
D'um naufrágio cruel já salvo a nado,
Só ouvir falar nele o faz medroso:

E jura qu'em que veja bonançoso
O violento mar, e sossegado;
Não entre nele mais: mas vai forçado
Pelo muito interesse cobiçoso:

Assim, senhora, eu, que da tormenta
De vossa vista fujo, por salvar-me,
Jurando de não mais em outra ver-me;

Minh'alma que de vós nunca s'ausenta,
Dá-me por preço ver-vos, faz tornar-me
Donde fugi tão perto de perder-me.

1. Lasso: fatigado, esgotado (por trabalho excessivo do corpo ou da mente); cansado.

Dai-me uma lei, senhora, de querer-vos,
Que a guarde sob pena de enojar-vos;
Que a fé que m'obriga a tanto amar-vos
Fará que fique em lei de obedecer-vos.

Tudo me defendei, senão só ver-vos
E dentro na minh'alma contemplar-vos;
Que se assim não chegar a contentar-vos,
Ao menos que não chegue a aborrecer-vos.

E se essa condição cruel e esquiva[1]
Que me deis lei de vida não consente,
Dai-m'a, senhora, já, seja de morte.

Se nem essa me dais, é bem que viva,
Sem saber como vivo, tristemente;
Mas contente porém de minha sorte.

1. Esquiva: difícil, áspera, rude; intratável.

Debaixo desta pedra está metido,
Das sanguinosas armas descansado,
O capitão ilustre, assinalado,
Dom Fernando de Castro[1] esclarecido.

Por todo o Oriente tão temido,
E da inveja da fama tão cantado,
Este pois, só agora sepultado,
Está aqui já em terra convertido.

Alegra-te, ó guerreira Lusitânia,[2]
Por este Viriato[3] que criaste,
E chora-o perdido eternamente.

Exemplo toma nisto de Dardânia;[4]
Que se a Roma co'ele aniquilas-te,
Nem por isso Cartago[5] está contente.

---

1. Dom Fernando de Castro: filho de dom João de Castro, que foi governador da Índia portuguesa de 1545 a 1548; morreu em 10 de agosto de 1546, no segundo cerco de Diu, em consequência da explosão de uma mina colocada debaixo do baluarte que defendia – o São João – pelos rumes sitiantes.
2. Lusitânia: nome atribuído na antiguidade ao território oeste da península Ibérica, onde viviam os povos lusitanos desde o neolítico.
3. Viriato: foi um dos líderes da tribo lusitana que confrontou os romanos na península Ibérica.
4. Dardânia: cidade fundada por Dardano. Seu povo aparece na Guerra de Troia, comandado por Eneias e aliado dos troianos.
5. Cartago: antiga Tunísia, potência da antiguidade que disputava com Roma o controle do mar Mediterrâneo. Dessa disputa surgiram as Guerras Púnicas, após as quais Cartago foi destruída.

De tão divino acento e voz humana,
De tão doces palavras peregrinas,
Bem sei que minhas obras não são dignas;
Que o rude engenho meu me desengana.

Mas de vossos escritos corre e mana[1]
Licor que vence as águas Cabalinas;[2]
E convosco do Tejo[3] as flores finas
Farão inveja à cópia Mantuana.[4]

E pois, a vós de si não sendo avaras,
As filhas de Mnemosine[5] formosa,
Partes dadas vos tem ao mundo caras;

A minha musa, e a vossa tão famosa,
Ambas posso chamar ao mundo raras,
A vossa d'alta, a minha d'invejosa.

1. Mana: faz verter ou verter com abundância (falando de um líquido ou gás); brota, flui, jorra.
2. Cabalinas: relativas a Pégaso, cavalo alado da poesia e da mitologia gregas, ou à fonte Hipocrene, que este, segundo o mito, fez brotar ao golpear com seu casco um rochedo do monte Hélicon.
3. Tejo: rio mais extenso da península Ibérica.
4. Mantuana: relativa a Mântua, cidade renascentista das águas, fundada às margens do rio Mincio, em 2000 a.C.
5. Mnemosine: a memória personificada, filha de Urano (o céu) e de Gaia (a terra), uma das seis titânides.

De vós me aparto, ó vida, em tal mudança
Sinto vivo da morte o sentimento.
Não sei para qu'é ter contentamento,
Se mais há de perder quem mais alcança.

Mas dou-vos esta firme segurança:
Que posto que me mate meu tormento,
Pelas águas do eterno esquecimento
Segura passará minha lembrança.

Antes sem vós meus olhos se entristeçam,
Que com qualquer cois'outra se contentem:
Antes os esqueçais, que vos esqueçam.

Antes nesta lembrança se atormentem,
Que com esquecimento desmereçam
A glória que em sofrer tal pena sentem.

Ditoso seja aquele que somente
Se queixa d'amorosas esquivanças;
Pois por elas não perde as esperanças
De poder n'algum tempo ser contente.

Ditoso seja quem estando ausente
Não sente mais que a pena das lembranças;
Porqu'inda que se tema de mudanças,
Menos se teme a dor quando se sente.

Ditoso seja, enfim, qualquer estado,
Onde enganos, desprezos e isenção
Trazem o coração atormentado.

Mas triste quem se sente magoado
D'erros em que não pode haver perdão,
Sem ficar n'alma a mágoa do pecado.

Em formosa Lethea[1] se confia,
Por onde a vaidade tanta alcança,
Que, tornada[2] em soberba a confiança,
Com os deuses celestes competia.

Porque não fosse avante esta ousadia,
(Que nascem muitos erros da tardança)[3]
Em efeito puseram a vingança
Que tamanha doidice merecia.

Mas Oleno, perdido por Lethea,
Não lhe sofrendo amor que suportasse
Castigo duro tanta formosura,

Quis padecer em si a pena alheia:
Mas, porque a morte amor não apartasse,
Ambos tornados são em pedra dura.

1. Lethea: esposa de Oleno, era muito vaidosa. Quis rivalizar com uma deusa, e, para livrá-la do castigo divino, o marido se dispôs a assumir a responsabilidade da ousadia. Ambos foram transformados em pedra.
2. Tornada: passada de um estado ou condição a outro; convertida; transfigurada; transformada.
3. Tardança: demora, atraso, delonga.

Em flor vos arrancou, de então crescida,
(Ah, senhor Dom Antonio!)[1] a dura sorte
Donde fazendo andava o braço forte
A fama dos antigos esquecida.

Uma só razão tenho conhecida
Com que tamanha mágoa se conforte:
Que pois no mundo havia honrada morte,
Que não podíeis ter mais larga a vida.

Se meus humildes versos podem tanto
Que co'o desejo meu se iguale a arte,
Especial matéria me sereis.

E celebrado em triste e longo canto,
Se morrestes nas mãos do fero[2] Marte,[3]
Na memória das gentes vivereis.

---

1. Dom António: conhecido como Prior do Crato, foi um dos sucessores do trono português durante a crise sucessória de 1850.
2. Fero: aquele que possui características de fera; perverso; ameaçador, temível.
3. Marte: deus da guerra.

Enquanto quis fortuna que tivesse
Esperança d'algum contentamento,
O gosto de um suave pensamento
Me fez que seus efeitos escrevesse.

Porém, temendo amor que aviso desse
Minha escritura a algum juízo isento,
Escureceu-me o engenho co'o tormento,
Para que seus enganos não dissesse.

Ó vós, qu'Amor obriga a ser sujeitos
A diversas vontades, quando lerdes
Num breve livro casos tão diversos;

Verdades puras são, e não defeitos:
E sabei que segund'o amor tiverdes,
Tereis o entendimento de meus versos.

Esforço grande, igual ao pensamento,
Pensamentos em obras divulgados,
E não em peito tímido encerrados,
E desfeitos depois em chuva e vento;

Ânimo da cobiça baixa isento,
Digno por isso só d'altos estados,
Fero açoite dos nunca bem domados
Povos do Malabar[1] sanguinolento;

Gentileza de membros corporais
Ornados de pudica continência,[2]
Obra por certo rara de natura:[3]

Estas virtudes e outras muitas mais,
Dignas todas da homérica eloquência,
Jazem debaixo desta sepultura.

1. Malabar: trecho da costa indiana.
2. Pudica continência: comportamento muito casto e contido; moderação nos gestos, palavras e atos; autodomínio, comedimento.
3. Natura: natureza.

Está-se a Primavera trasladando
Em vossa vista deleitosa e honesta;
Nas lindas faces, olhos, boca e testa,
Boninas,[1] lírios, rosas debuxando.

De sorte vosso gesto matizando,
Natura quanto pode manifesta,
Qu'o monte, o campo, o rio e a floresta,
Se estão de vós, senhora, namorando.

Se agora não quereis que quem vos ama
Possa colher o fruto dessas flores,
Perderão toda a graça vossos olhos.

Porque pouco aproveita, linda dama,
Que semeasse amor em vós amores,
Se vossa condição produz abrolhos.[2]

1. Boninas: nome alternativo das flores bela-margarida, maravilha e calêndula.
2. Abrolhos: espinhos.

Está o lascivo e doce passarinho
Com o biquinho as penas ordenando;
O verso sem medida, alegre e brando,
Expedindo no rústico raminho.

O cruel caçador, que do caminho
Se vem calado e manso desviando,
Na pronta vista a seta endireitando,
Em morte lhe converte o caro ninho.

Dest'arte o coração, que livre andava,
(Posto que já de longe destinado)
Onde menos temia, foi ferido.

Porque o flecheiro cego m'esperava,
Para que me tomasse descuidado,
Em vossos claros olhos escondido.

Eu cantarei d'amor tão docemente,
Por uns termos em si tão concertados,
Que dois mil acidentes namorados
Faça sentir ao peito que não sente.

Farei qu'amor a todos avivente,[1]
Pintando mil segredos delicados,
Brandas iras, suspiros magoados,
Temerosa ousadia, e pena, ausente.

Também senhora do desprezo honesto
De vossa vista branda e rigorosa,
Contentar-m'ei dizendo a menos[2] parte.

Porém, para cantar de vosso gesto
A composição alta e milagrosa,
Aqui falta saber, engenho e arte.

1. Avivente: que adquire nova vitalidade; que se aviva; que se reanima.
2. Menos: menor.

Ferido sem ter cura perecia
O forte e duro Télefo[1] temido,
Por aquele que n'água foi metido,
A quem ferro nenhum cortar podia.

Ao apolíneo Oráculo pedia
Conselho para ser restituído,
Responde-o que tornasse a ser ferido
Por quem o já ferira, e sararia.

Assim, senhora, quer minha ventura;
Que ferido de ver-vos claramente,
Com vos tornar a ver Amor me cura.

Mas é tão doce vossa formosura,
Que fico como hidrópico[2] doente,
Que com beber lhe cresce mor[3] secura.

1. Télefo: um dos descendentes de Hércules.
2. Hidrópico: que apresenta hidropisia, doença que derrama líquido seroso em tecidos ou cavidade do corpo.
3. Mor: maior.

Fiou-se o coração, de muito isento,
De si, cuidando mal que tomaria
Tão ilícito amor, tal ousadia,
Tal modo nunca visto de tormento.

Mas os olhos pintaram tão a tento[1]
Outros que visto tem na fantasia,
Qu'a razão, temerosa do que via,
Fugiu, deixando o campo ao pensamento.

O Hipólito[2] casto, que de jeito
De Fedra tua madrasta foste amado,
Que não sabia ter nenhum respeito;

Em mim vingou o amor teu casto peito:
Mas está desse agravo[3] tão vingado,
Que s'arrepende já do que tem feito.

1. A tento: cautelosamente.
2. Hipólito: era filho de Teseu e enteado de Fedra, segunda esposa de seu pai. Adorava Ártemis e menosprezava Afrodite, que, enciumada, vingou-se fazendo Fedra apaixonar-se por ele. Ao ser informado por uma serva do amor que lhe dedica a madrasta, Hipólito a repele com veemência. Rejeitada, Fedra suicida-se, deixando uma mensagem a Teseu em que acusa falsamente Hipólito de violentá-la. Teseu expulsa o rapaz e invoca a punição de Poseidon, que provoca um acidente com a carruagem de Hipólito.
3. Agravo: ofensa que se faz a alguém, injúria, afronta. Dano sofrido, prejuízo.

Foi já num tempo doce coisa amar,
Em quanto m'enganava a esperança:
O coração com esta confiança
Todo se desfazia em desejar.

O vão, caduco e débil esperar!
Como se desengana uma mudança!
Que quanto é mor a bem-aventurança,
Tanto menos se crê que há de durar.

Quem já se viu contente e prosperado,
Vendo-se em breve tempo em pena tanta,
Razão tem de viver bem magoado.

Porém quem tem o mundo exp'rimentado,
Não o magoa a pena, nem o espanta;
Que mal se estranhará o costumado.

Gram[1] tempo há já que soube da ventura
A vida que me tinha destinada;
Que a longa experiência da passada
Me dava claro indício da futura.

Amor fero, cruel, fortuna escura,
Bem tendes vossa força exp'rimentada:
Assolai, destruí, não fique nada;
Vingai-vos desta vida, qu'inda dura.

Soube amor da ventura, que não a tinha,
E porque mais sentisse a falta dela,
De imagens impossíveis me mantinha.

Mas vós, senhora, pois que minha estrela
Não foi melhor, vivei nesta alma minha;
Que não tem a fortuna poder nela.

1. Gram: grande.

Lembranças saudosas, se cuidais
De me acabar a vida neste estado,
Não vivo com meu mal tão enganado,
Que não espere dele muito mais.

De muito longe já me costumais
A viver d'algum bem desesperado:
Já tenho co'a fortuna concertado
De sofrer os trabalhos que me dais.

Atado ao remo tenho a paciência
Para quantos desgostos der a vida;
Cuide em quanto quiser o pensamento.

Que pois não h'aí outra resistência
Para tão certa queda, de subida,
Aparar-lh'ei debaixo o sofrimento.

Lindo e sutil trançado, que ficaste
Em penhor do remédio que mereço,
Se só contigo, vendo-te, endoideço,
Que fora co'os cabelos qu'apertaste?

Aquelas tranças d'ouro que ligaste,
Qu'os raios do sol têm em pouco preço,
Não sei se para engano do que peço,
Se para me atar os desataste.

Lindo trançado, em minhas mãos te vejo,
E por satisfação de minhas dores,
Como quem não tem outra, hei de tomar-te.

E se não for contente meu desejo,
Dir-lh'ei que nesta regra dos amores
Pelo todo também se toma a parte.

Males, que contra mim vós conjurastes,
Quanto há de durar tão duro intento?
Se dura, porque dura meu tormento,
Baste-vos quanto já me atormentastes.

Mas se assim porfiais,[1] porque cuidastes
Derrubar meu tão alto pensamento?
Mais pode a causa dele, em qu'o sustento,
Que vós, que dela mesma o ser tomastes.

E pois vossa tenção[2] com minha morte
Há de acabar o mal destes amores,
Dai já fim a tormento tão comprido.

Porque d'ambos contente seja a sorte;
Vós porque me acabastes, vencedores,
E eu porque acabei de vós vencido.

1. Porfiais: discutis, lutais, disputais, teimais.
2. Tenção: o que se pretende fazer, propósito, desígnio, intenção.

Mudam-se os tempos, mudam-se as vontades,
Muda-se o ser, muda-se a confiança:
Todo o mundo é composto de mudança,
Tomando sempre novas qualidades.

Continuamente vemos novidades,
Diferentes em tudo da esperança:
Do mal ficam as mágoas na lembrança,
E do bem (se algum houve) as saudades.

O tempo cobre o chão de verde manto,
Que já coberto foi de neve fria,
E em mim converte em choro o doce canto.

E afora este mudar-se cada dia,
Outra mudança faz de mor espanto,
Que não se muda já como soía.[1]

1. Soía: acontecia com frequência, era hábito ou costume; costumava (pretérito imperfeito do verbo *soer*).

Na metade do céu subido ardia
O claro, almo[1] pastor, quando deixavam
O verde pasto as cabras, e buscavam
A frescura suave d'água fria.

Co'a folha da árvore, sombria,
Do raio ardente as aves s'amparavam:
O módulo cantar, de que cessavam,
Só nas roucas cigarras se sentia.

Quando Liso pastor num campo verde
Natercia, crua ninfa,[2] só buscava
Com mil suspiros tristes que derrama.

Porque te vais de quem por ti se perde,
Para quem pouco t'ama? (suspirava)
O eco lhe responde: pouco te ama.

1. Almo: que é respeitável, puro, santo, ilustre, venerável.
2. Ninfa: divindade que habitava os rios, fontes, bosques, montes e prados.

Na ribeira do Eufrates[1] assentado,
Discorrendo me achei pela memória
Aquele breve bem, aquela glória,
Que em ti, doce Sião,[2] tinha passado.

Da causa de meus males perguntado
Me foi: como não cantas a história
De teu passado bem, e da vitória
Que sempre de teu mal hás alcançado?

Não sabes, que a quem canta se lhe esquece
O mal, inda que grave e rigoroso?
Canta pois, e não chores dessa sorte.

Respondi com suspiros: quando cresce
A muita saudade, o piedoso
Remédio é não cantar, senão a morte.

1. Eufrates: é o mais longo e um dos mais historicamente importantes rios da Ásia Ocidental. Juntamente com o Tigre, é um dos dois rios que definem a Mesopotâmia.
2. Sião: originalmente era o nome dado especificamente à fortaleza jebusita próxima da atual Jerusalém, que foi conquistada por Davi.

Naiades,[1] vós que os rios habitais,
Que os saudosos campos vão regando,
De meus olhos vereis estar manando
Outros que quase aos vossos são iguais.

Dríades,[2] vós que as setas atirais,
Os fugitivos cervos derrubando,
Outros olhos vereis, que triunfando
Derrubam corações, que valem mais.

Deixai as aljavas[3] logo e as águas frias,
E vinde ninfas minhas, se quereis
Saber como d'uns olhos nascem mágoas.

Vereis como se passam em vão os dias;
Mas não vireis em vão, que cá achareis
Nos seus as setas, e nos meus as águas.

---

1. Naiades: ninfas das águas, personificações da condição divina das fontes, dos rios e dos lagos onde viviam.
2. Dríades: ninfas que nasciam com as árvores, protegendo-as e participando de seu destino.
3. Aljavas: coldres ou estojos sem tampa nos quais se guardavam e transportavam as flechas e que eram carregados nas costas, pendurados no ombro.

Num bosque que das ninfas se habitava,
Sibila,[1] ninfa linda, andava um dia;
E subida numa árvore sombria,
As amarelas flores apanhava.

Cupido,[2] que ali sempre costumava
A vir passar a sesta à sombra fria,
Num ramo o arco e setas, que trazia,
Antes que adormecesse, pendurava.

A ninfa, como idôneo tempo vira
Para tamanha empresa, não dilata;
Mas com as armas foge ao moço esquivo.

As setas traz nos olhos, com que tira:
Ó, pastores! fugi, que a todos mata,
Senão a mim, que de matar me vivo.

1. Sibila: mulher que tem poderes proféticos sob inspiração de Apolo.
2. Cupido: deus do amor (para os gregos, Eros), representado geralmente com asas, às vezes de olhos vendados, e provido de arco e flechas, para acertar os corações.

O céu, a terra, o vento sossegado,
As ondas que se estendem por a areia,
Os peixes que no mar o sono enfreia,[1]
O noturno silêncio repousado;

O pescador Aonio que, deitado
Onde co'o vento a água se meneia,[2]
Chorando, o nome amado em vão nomeia,
Que não pode ser mais que nomeado,

Ondas, (dizia) antes que o amor me mate,
Tornai-me a minha ninfa, que tão cedo
Me fizestes à morte estar sujeita.

Ninguém responde; o mar de longe bate;
Move-se brandamente o arvoredo;
Leva-lhe o vento a voz, qu'ao vento deita.

1. Enfreia: coloca freio, interrompe.
2. Meneia: move-se alternadamente de um lado para outro; balança, oscila.

O cisne quando sente ser chegada
A hora que põe termo à sua vida,
Música com voz alta e mui subida,
Levanta por a praia inabitada.

Deseja ter a vida prolongada,
Chorando do viver a despedida,
Com grande saudade da partida,
Celebra o triste fim desta jornada.

Assim, senhora minha, quando via
O triste fim que davam meus amores,
Estando posto já no extremo fio;

Com mais suave canto e harmonia
Descantei pelos vossos desfavores
La vuestra falsa fé, i el amor mio.[1]

1. "A vossa falsa fé, e o meu amor."

O culto divinal se celebrava
No templo donde toda a criatura
Louva o Feitor divino,[1] que a feitura
Com seu sagrado sangue restaurava.

Ali Amor, que o tempo m'aguardava
Onde a vontade tinha mais segura,
Numa celeste e angélica figura
A vista da razão me salteava.

Eu crendo qu'o lugar me defendia
E seu livre costume, não sabendo
Que nenhum confiado lhe fugia,

Deixei-me cativar: mas já qu'entendo,
Senhora, que por vosso me queria,
Do tempo que fui livre m'arrependo.

1. Feitor divino: o Criador.

O dia, hora em que nasci morra e pereça,
Não o queira jamais o tempo dar,
Não torne mais o mundo a tornar,
Eclipse n'esse passo o sol padeça.

A luz lhe falte, o sol se escureça,
Mostre o mundo sinais de se acabar,
Nasçam-lhe monstros, sangue chova o ar,
A mãe ao próprio filho não conheça.

As pessoas pasmadas de ignorantes,
As lágrimas no rosto, a cor perdida,
Cuidem que o mundo já se destruiu.

Oh, gente temerosa, não te espantes,
Que este dia deitou ao mundo a vida
Mais desgraçada que jamais se viu.

O fogo que na branda cera ardia,
Vendo o rosto gentil qu'eu n'alma vejo,
Se acendeu d'outro fogo do desejo
Por alcançar a luz que vence o dia.

Como de dois ardores se encendia,[1]
Da grande impaciência fez despejo,
E remetendo com furor sobejo,[2]
Vos foi beijar na parte onde se via.

Ditosa aquela flama[3] que se atreve
Apagar seus ardores e tormentos
Na vista de que o mundo tremer deve!

Namoram-se, senhora, os elementos,
De vós, e queima o fogo aquela neve
Que queima corações e pensamentos.

---

1. Encendia: acendia, inflamava.
2. Sobejo: enorme, imenso, extraordinário.
3. Flama: chama, labareda, ardor.

O quão caro me custa o entender-te,
Molesto Amor que, só por alcançar-te,
De dor em dor me tens trazido a parte
Onde em ti ódio e ira se converte!

Cuidei que para em tudo conhecer-te
Me não faltasse experiência e arte;
Agora vejo n'alma acrescentar-te
Aquilo qu'era causa de perder-te.

Estavas tão secreto no meu peito,
Qu'eu mesmo, que te tinha, não sabia
Que me senhoreavas deste jeito.

Descobriste t'agora; e foi por via
Que teu descobrimento e meu defeito,
Um me envergonha e outro m'injuria.

O raio cristalino s'estendia
Pelo mundo da Aurora marchetada,[1]
Quando Nise,[2] pastora delicada,
Donde a vida deixava se partia.

Dos olhos, com que o sol escurecia,
Levando a vista em lágrimas banhada,
De si, do fado, e tempo magoada,
Pondo os olhos no céu, assim dizia:

Nasce sereno sol, puro e luzente;
Resplandece, formosa e roxa Aurora,
Qualquer alma alegrando descontente;

Qu'a minha, sabe tu que desd'agora
Jamais na vida a podes ver contente,
Nem tão triste nenhuma outra pastora.

1. Marchetada: em que se aplicou a técnica da marchetaria, arte de incrustar pedaços de diferentes materiais em obras de madeira; adornada; realçada.
2. Nise: uma das ninfas que cuidaram do deus Dionísio quando bebê; musa-pastora.

O tempo acaba o ano, o mês e a hora,
A força, a arte, a manha, a fortaleza;
O tempo acaba a fama e a riqueza,
O tempo o mesmo tempo de si chora:

O tempo busca, e acaba o onde mora
Qualquer ingratidão, qualquer dureza.
Mas não pode acabar minha tristeza
Em quanto não quiserdes vós, Senhora.

O tempo o claro dia torna escuro,
E o mais ledo prazer em choro triste,
O tempo a tempestade em grã[1] bonança;

Mas de abrandar o tempo estou seguro,
O peito de diamante onde consiste
A pena e o prazer d'esta esperança.

1. Grã: grande.

Oh, como se me alonga d'ano em ano
A peregrinação cansada minha!
Como s'encurta, e como ao fim caminha
Este meu breve e vão discurso humano!

Vai-se gastando a idade, e cresce o dano;
Perdeu-se-me um remédio, que inda tinha:
Se por experiência se adivinha,
Qualquer grande esperança é grand'engano.

Corro após este bem que não se alcança,
No meio do caminho me falece;
Mil vezes caio, e perco a confiança.

Quando ele foge, eu tardo, e na tardança
Se os olhos ergo a ver se inda parece,
Da vista se me perde, e da esperança.

Os reinos e os impérios poderosos,
Que em grandeza no mundo mais cresceram;
Ou por valor de esforço floresceram,
Ou por varões nas letras espantosos.

Teve Grécia Temístocles,[1] famosos
Os Cipiões[2] a Roma engrandeceram;
Doze Pares[3] à França glória deram;
Cides[4] a Espanha, e Laras[5] belicosos.

Ao nosso Portugal (que agora vemos
Tão diferente de seu ser primeiro)
Os vossos deram honra e liberdade.

E em vós, grão sucessor e novo herdeiro
Do Bragançâo[6] Estado, há mil extremos
Iguais ao sangue, e mores que a idade.

1. Temístocles: general grego ateniense cuja habilidade política e militar transformou Atenas na maior potência naval helênica e tornou possível a vitória sobre os invasores persas.
2. Cipiões: agnome romano utilizado por um ramo da *gens* Cornelia, uma das principais famílias patrícias da Roma antiga. Suas origens encontram-se por volta de 485 a.C., apenas 25 anos depois da fundação da República romana.
3. Doze Pares: tropa de elite pessoal do rei Carlos Magno, da França, formada por 12 cavaleiros leais ao rei, liderados por Rolando, seu sobrinho. A expressão "doze pares" se dá pelo fato de os 12 cavaleiros terem extrema semelhança entre si, em termos de força, habilidade com armas e lealdade ao rei.
4. Cides: cavaleiros medievais espanhóis, heróis.
5. Laras: família aristocrática que constitui uma das linhagens mais importantes da Castela medieval entre os séculos X e XVI, dona de posses no condado de Castela, Leão e Andaluzia.
6. Bragançâo: Bragança, cidade ao norte de Portugal fundada no século II a.C., na qual já existia uma povoação importante desde a ocupação romana.

Os vestidos Elisa[1] revolvia,
Que lh'Eneas deixara por memória;
Doces despojos da passada glória;
Doces quando seu fado o consentia.

Entr'eles a formosa espada via,
Que instrumento foi da triste história;
E como quem de si tinha a vitória,
Falando só com ela, assim dizia:

Formosa e nova espada, se ficaste
Só para executares os enganos
De quem te quis deixar, em minha vida;

Sabe que tu comigo t'enganaste;
Que para me tirar de tantos danos
Sobeja-me a tristeza da partida.

1. Elisa: conhecida como Dido, apaixonou-se por Enéas quando este chegou a Cartago. Os dois viveram apaixonados por meses, mas Enéas teve de partir para fundar seu império.

Passo por meus trabalhos tão isento
De sentimento grande nem pequeno,
Que só por a vontade com que peno
Me fica amor devendo mais tormento.

Mas vai-me amor matando tanto a tento,
Temperando a triaga[1] co'o veneno,
Que do penar a ordem desordeno,
Porque não mo consente o sofrimento.

Porém, se esta fineza o amor sente
E pagar-me meu mal com mal pretende,
Torna-me com prazer como ao sol neve.

Mas se me vê co'os males tão contente,
Faz se avaro da pena, porque entende
Que quanto mais me paga, mais me deve.

1. Triaga: o mesmo que teriaga, mitridato de 63 elementos usado antigamente como preventivo e remédio contra diversas enfermidades, além de antídoto contra a mordedura de animais peçonhentos. Atribuída a Andrômaco de Creta, médico de Nero, manteve-se em uso até o século XVIII.

Pede o desejo, dama, que vos veja:
Não entende o que pede, está enganado.
É este amor tão fino e tão delgado,
Que quem o tem não sabe o que deseja.

Não há coisa, a qual natural seja,
Que não queira perpétuo seu estado.
Não quer logo o desejo o desejado,
Porque não falte nunca onde sobeja.

Mas este puro afeto em mim se dana:
Que, como a grave pedra tem por arte
O centro desejar da natureza;

Assim o pensamento (por a parte,
Que vai tomar de mim, terrestre humana)
Foi, senhora, pedir esta baixeza.

Pelos extremos raros que mostrou
Em saber Palas,[1] Vênus[2] em formosa,
Diana[3] em casta, Juno[4] em animosa,
África, Europa e Ásia as adorou.

Aquele saber grande que ajuntou
Esp'rito e corpo em liga generosa,
Esta mundana máquina lustrosa,
De só quatro elementos fabricou.

Mas mor milagre fez a natureza
Em vós, senhoras, pondo em cada uma
O que por todas quatro repartiu.

A vós seu resplendor deu sol e lua:
A vós com viva luz, graça e pureza,
Ar, fogo, terra e água vos serviu.

---

1. Palas: também conhecida como Atena, era a deusa da sabedoria, da civilização e da estratégia em batalha.
2. Vênus: deusa do amor e da beleza.
3. Diana: deusa da caça, também conhecida como deusa pura. Era indiferente ao amor e manteve-se sempre casta.
4. Juno: esposa de Júpiter e rainha dos deuses. Com seu poder, criou uma tempestade e foi nomeada por Júpiter a rainha do céu.

Pensamentos, qu'agora novamente
Cuidados vãos em mim ressuscitais,
Dizei-me: ainda não vos contentais
De terdes quem vos tem tão descontente?

Que fantasia é esta, que presente
Cad'hora ante meus olhos me mostrais?
Com sonhos e com sombras atentais
Quem nem por sonhos pode ser contente?

Vejo-vos, pensamentos, alterados,
E não quereis, d'esquivo, declarar-me
Qu'é isto que vos traz tão enleados?

Não me negueis, s'andais para negar-me;
Que se contra mim estais alevantados,
Eu vos ajudarei mesmo a matar-me.

Quando da bela vista e doce riso
Tomando estão meus olhos mantimento,
Tão enlevado sinto o pensamento,
Que me faz ver na terra o Paraíso.

Tanto do bem humano estou diviso,[1]
Que qualquer outro bem julgo por vento:
Assim qu'em caso tal, segundo sento,[2]
Assaz de pouco faz quem perde o siso.

Em vos louvar, senhora, não me fundo;
Porque quem vossas coisas claro sente,
Sentirá que não pode conhecê-las.

Que de tanta estranheza sois ao mundo,
Que não é d'estranhar, dama excelente,
Que quem vos fez, fizesse céu e estrelas.

1. Diviso: separado, dividido, afastado.
2. Sento: penso, pondero (forma arcaica do verbo *assentar*).

Quando de minhas mágoas a comprida
Maginação[1] os olhos m'adormece,
Em sonhos aquel'alma m'aparece,
Que para mim foi sonho nesta vida.

Lá numa saudade, onde estendida
A vista pelo campo desfalece,
Corro par'ela; e ela então parece
Que mais de mim se alonga, compelida.[2]

Brado: não me fujais sombra benigna.
Ela (os olhos em mim c'um brando pejo,[3]
Como quem diz, que já não pode ser)

Torna a fugir-me: e eu gritando: Dina...
Antes que diga Mene, acordo, e vejo
Que nem um breve engano posso ter.

1. Maginação: imaginação.
2. Compelida: deslocada à força, empurrada, impelida.
3. Pejo: acanhamento, pudor, sentimento de vergonha.

Quando vejo que meu destino ordena
Que, por me experimentar, de vós m'aparte,
Deixando de meu bem tão grande parte,
Qu'a mesma culpa fica grave pena;

O duro desfavor, que me condena,
Quando pela memória se reparte,
Endurece os sentidos de tal arte
Qu'a dor d'ausência fica mais pequena.

Pois como pode ser que na mudança
Daquilo que mais quero, estê[1] tão fora
De me não apartar também da vida?

Eu refrearei tão áspera esquivança:
Porque mais sentirei partir, senhora,
Sem sentir muito a pena da partida.

1. Estê: esteja (forma arcaica do verbo *estar*).

Quantas vezes do fuso s'esquecia
Daliana, banhando o lindo seio,
Tantas vezes de um áspero receio
Salteado Laurenio a cor perdia.

Ela, que a Silvio mais que a si queria,
Para podê-lo ver não tinha meio.
Ora como curara o mal alheio
Quem o seu mal tão mal curar sabia?

Ele, que viu tão clara esta verdade,
Com soluços dizia (que a espessura
Comovia, de mágoa, a piedade):

Como pode a desordem da Natura,
Fazer tão diferentes na vontade
A quem fez tão conformes na ventura?

Que me quereis perpétuas saudades?
Com que esperança ainda m'enganais?
Qu'o tempo que se vai não torna mais,
E se torna, não tornam as idades.

Razão é já, ó anos, que vos vades,
Porqu'estes tão ligeiros que passais,
Nem todos para um gosto são iguais,
Nem sempre são conformes as vontades.

Aquilo a que já quis é tão mudado,
Que quase é outra coisa; porqu'os dias
Têm o primeiro gosto já danado.

Esperanças de novas alegrias,
Não m'as deixa a fortuna e o tempo errado,
Que do contentamento são espias.[1]

1. Espias: espiões; aqueles que vigiam.

Que poderei do mundo já querer,
Que naquilo em que pus tamanho amor,
Não vi senão desgosto e desamor,
E morte, enfim; que mais não pode ser?

Pois vida me não farta de viver,
Pois já sei que não mata grande dor,
Se coisa há que magoa de maior,
Eu a verei; que tudo posso ver.

A morte, a meu pesar, m'assegurou
De quanto mal me vinha: já perdi
O que perder o medo m'ensinou.

Na vida desamor somente vi,
Na morte a grande dor que me ficou:
Parece que para isto só nasci.

Quem jaz no grão sepulcro, que descreve
Tão ilustres sinais no forte escudo?
Ninguém; que nisso, em fim se torna tudo:
Mas foi quem tudo pode e tudo teve.

Foi rei? Fez tudo quanto a rei se deve:
Pôs na guerra e na paz devido estudo.
Mas quão pesado foi ao mouro rudo,[1]
Tanto lhe seja agora a terra leve.

Alexandre[2] será? Ninguém se engane:
Que sustentar, mais que adquirir se estima
Será Adriano[3] grão senhor do mundo?

Mais observante foi da lei de cima.
É Numa?[4] Numa não, mas é Joane[5]
De Portugal Terceiro sem segundo.

1. Rudo: rude.
2. Alexandre: importante rei da Macedônia que viveu no século IV a.C. Em apenas 33 anos de vida, Alexandre, o Grande – também conhecido como Alexandre Magno ou Alexandre III – formou um enorme império, que ia do sudeste da Europa até a Índia. Por isso ele é considerado o maior líder militar da antiguidade.
3. Adriano: imperador romano de 117 a 138 a.C. Pertencia à dinastia dos Antoninos, sendo considerado um dos chamados "cinco bons imperadores". Em Roma, reconstruiu o Panteão e construiu o Templo de Vênus e Roma. Além de imperador, Adriano era um humanista e foi *philhellene* (admirador da cultura helênica) em todos os seus gostos.
4. Numa: Numa Pompílio foi um sabino escolhido como segundo rei de Roma. Sábio, pacífico e religioso, dedicou-se à elaboração das primeiras leis de Roma, assim como dos primeiros ofícios religiosos da cidade e do primeiro calendário.
5. Joane: dom João II, rei de Portugal entre 1481 e 1495. Foi o grande incentivador dos descobrimentos portugueses.

Quem pode livre ser, gentil senhora,
Vendo-vos com juízo sossegado,
Se o menino, que d'olhos é privado,
Nas meninas dos vossos olhos mora?

Ali manda, ali reina, ali namora,
Ali vive das gentes venerado,
Qu'o vivo lume, e o rosto delicado,
Imagens são d'amor em tod'a hora.

Quem vê qu'em branca neve nascem rosas
Que fios crespos d'ouro vão cercando,
Se por entre esta luz a vista passa,

Raios d'ouro verá, qu'as duvidosas
Almas estão no peito traspassando,
Assim como um cristal o sol traspassa.

Quem quiser ver d'Amor uma excelência
Onde sua fineza mais se apura,
Atente onde me põe minha ventura,
Por ter de minha fé experiência.

Onde lembranças matam a longa ausência,
Em temeroso mar, em guerra dura,
Ali a saudade está segura,
Quando mor risco corre a paciência.

Mas ponha-me fortuna e o duro fado,
Em nojo, morte, dano e perdição,
Ou em sublime e próspera ventura;

Ponha-me, enfim, em baixo ou alto estado;
Qu'até na dura morte m'acharão
Na língua o nome, n'alma a vista pura.

Se alguma hora em vós a piedade
De tão longo tormento se sentira,
Não consentira amor que me partira
De vossos olhos, minha saudade.

Apartei-me de vós, mas a vontade,
Que pelo natural n'alma vos tira,
Me faz crer que esta ausência é de mentira;
Mas inda mal porém porque é verdade.

Ir-me-ei, senhora, e neste apartamento
Tomarão tristes lágrimas vingança
Nos olhos de quem fostes mantimento.

E assim darei vida a meu tormento;
Qu'enfim, cá me achará minha lembrança
Sepultado no vosso esquecimento.

Se as penas com que amor tão mal me trata
Quiser que tanto tempo viva delas,
Que veja escuro o lume das estrelas,
Em cuja vista o meu se acende e mata;

E se o tempo, que tudo desbarata,
Secar as frescas rosas, sem colhê-las,
Mostrando-me a linda cor das tranças belas
Mudada de ouro fino em bela prata;

Vereis, senhora, então também mudado
O pensamento e aspereza vossa,
Quando não sirva já sua mudança.

Suspirareis então pelo passado,
Em tempo quando executar se possa
Em vosso arrepender minha vingança.

Se depois d'esperança tão perdida,
Amor pela ventura consentiste
Qu'ainda alguma hora breve alegre visse
De quantas tristes viu tão longa vida;

Uma alma já tão fraca e tão caída
(Por mai alto qu'a sorte me subisse)
Não tenho para mim que consentisse
Alegria tão tarde consentida.

Não tão somente Amor me não mostrou
Um'hora em que vivesse alegremente
De quantas nesta vida me negou;

Mas inda tanta pena me consente,
Que co'o contentamento me tirou
O gosto d'algum'hora ser contente.

Se tanta pena tenho merecida
Em pago de sofrer tantas durezas;
Provai, senhora, em mim vossas cruezas,
Que aqui tendes uma alma oferecida.

Nela experimentai, se sois servida,
Desprezos, desfavores e asperezas;
Que mores sofrimentos e firmezas
Sustentarei na guerra desta vida.

Mas contra vossos olhos quais serão?
Forçado é que tudo se lhe renda;
Mas porei por escudo o coração.

Porque em tão dura e áspera contenda
É bem que, pois não acho defensão,[1]
Com me meter nas lanças me defenda.

1. Defensão: defesa.

Se tomar minha pena em penitência
Do erro em que caio o pensamento,
Não abranda, mas dobra meu tormento,
A isto, e a mais, obriga a paciência.

E se uma cor de morto na aparência,
Um espalhar suspiros vãos ao vento
Em vós não faz, senhora, movimento,
Fique meu mal em vossa consciência.

E se de qualquer áspera mudança
Toda a vontade isenta Amor castiga,
(Como eu vi bem no mal que me condena)

E s'em vós não s'entende haver vingança,
Será forçado (pois Amor m'obriga)
Qu'eu só de vossa culpa pague a pena.

Sete anos de pastor Jacó servia[1]
Labão, pai de Raquel, serrana bela:
Mas não servia ao pai, servia a ela,
Qu'ela só por prêmio pretendia.

Os dias na esperança de um só dia
Passava, contentando-se com vê-la:
Porém o pai, usando de cautela,
Em lugar de Raquel, lhe dava Lia.

Vendo o triste pastor que com enganos
Lhe fora assim negada a sua pastora,
Como se a não tivera merecida:

Começa de servir outros set'anos,
Dizendo: Mais servira, se não fora
Para tão longo amor tão curta a vida.

1. Passagem bíblica do Livro do Gênesis, capítulo 29, em que Jacó serve Labão por sete anos para casar-se com sua filha Raquel. Porém, ao final do prazo combinado, Labão entrega Lia, a filha mais velha, e diz a Jacó que ele deve servi-lo por mais sete anos para ficar com Raquel.

Suspiros inflamados que cantais
A tristeza com qu'eu vivi tão ledo,
Eu morro e não vos levo, porqu'hei medo
Qu'ao passar do Lethe[1] vos percais.

Escritos para sempre já ficais
Onde vos mostraram todos co'o dedo,
Como exemplo de males; qu'eu concedo
Que para aviso d'outros estejais.

Em quem, pois, virdes falsas esperanças
D'Amor e da Fortuna, (cujos danos
Alguns terão por bem-aventuranças)

Dizei-lhe, qu'os servistes muitos anos,
E que em Fortuna tudo são mudanças,
E qu'em Amor não há senão enganos.

1. Lethe: nome de um dos rios do Hades. É a personificação do esquecimento, filha de Êris (a discórdia), irmã de Hipnose e de Tânatos (o Sono e a Morte) e mãe das Cárites (as Graças), de acordo com uma das versões da lenda. Deu o nome à Fonte do Esquecimento, cuja água os mortos bebiam quando chegavam ao inferno para olvidar sua vida terrestre.

Tanto de meu estado m'acho incerto,
Qu'em vivo ardor tremendo estou de frio;
Sem causa juntamente choro e rio;
O mundo todo abarco, e nada aperto.

É tudo quanto sinto, um desconcerto:
D'alma um fogo me sai, da vista um rio;
Agora espero, agora desconfio;
Agora desvario, agora acerto.

Estando em terra, chego ao céu voando;
Num'hora acho mil anos, e é de jeito
Qu'em mil anos não posso achar um'hora.

Se me pergunta alguém, porque assim ando,
Respondo que não sei: porém suspeito
Que só porque vos vi, minha senhora.

Tempo é já que minha confiança
Se desça de uma falsa opinião:
Mas amor não se rege por razão;
Não posso perder logo a esperança.

A vida sim; que uma áspera mudança
Não deixa viver tanto um coração,
E eu na morte tenho a salvação?
Sim: mas quem a deseja não a alcança.

Forçado é logo qu'eu espere e viva.
Ah, dura lei d'amor, que não consente
Quietação numa alma qu'é cativa!

Se hei de viver, enfim, forçadamente,
Para que quero a glória fugitiva
D'uma esperança vã que m'atormente?

Tomava Deliana por vingança
Da culpa do pastor que tanto amava,
Casar com Gil vaqueiro, e em si vingava
O erro alheio, e pérfida esquivança.

A discrição segura, a confiança,
As rosas que seu rosto debuxava,
O descontentamento lh'as secava;
Que tudo muda uma áspera mudança.

Gentil planta disposta em seca terra;
Lindo fruto de dura mão colhido,
Lembranças d'outro amor, e fé perjura,[1]

Tornaram verde prado em dura serra;
Interesse enganoso, amor fingido,
Fizeram desditosa[2] a formosura.

1. Perjura: traidora, falsa.
2. Desditosa: que foi atingida pela desdita (má sorte, desgraça); desafortunada, inditosa, infeliz.

Tomou-me vossa vista soberana
Adonde tinha as armas mais à mão,
Por mostrar que quem busca defensão
Contra esses belos olhos, que s'engana.

Por ficar da vitória mais ufana,
Deixou-me armar primeiro da razão.
Cuidei de me salvar, mas foi em vão,
Que contra o céu não val' defensa humana.

Mas porém, se vos tinha prometido
O vosso alto destino esta vitória,
Ser-vos tudo bem pouco está sabido.

Que posto que estivesse apercebido,
Não levais de vencer-me grande glória,
Maior a levo eu de ser vencido.

Transforma-se o amador na coisa amada,
Por virtude do muito imaginar:
Não tenho logo mais que desejar,
Pois em mim tenho a parte desejada.

Se nela está minh'alma transformada,
Que mais deseja o corpo de alcançar?
Em si somente pode descansar,
Pois consigo tal alma está liada.[1]

Mas esta linda e pura semideia,[2]
Que como o acidente em seu sujeito,
Assim co'a alma minha se conforma;

Está no pensamento como ideia;
O vivo e puro amor de que sou feito,
Como a matéria simples busca a forma.

1. Liada: unida, ligada por vínculos morais e afetivos.
2. Semideia: semideusa.

Vencido está de amor
Meu pensamento
O mais que pode ser,
Vencida a vida,
Sujeita a vos servir e
Instituída,[1]
Oferecendo tudo
A vosso intento.

Contente deste bem
Louva o momento,
Ou hora em que se viu
Tão bem perdida;
Mil vezes desejando,
Assim ferida,
Outras mil renovar
Seu perdimento.[2]

Com esta pretensão
Está segura
A causa que me guia
Nesta empresa[3]
Tão sobrenatural,
Honrosa, e alta.

Jurando não querer
Outra ventura,
Votando só por vós
Rara firmeza,
Ou ser no vosso amor
Achando em falta.

---

1. Instituída: estabelecida, determinada.
2. Perdimento: perdição.
3. Empresa: empreendimento, objetivo.

Verdade, amor, razão, merecimento,
Qualquer alma farão segura e forte;
Porém fortuna, caso, tempo e sorte
Tem do confuso mundo o regimento.

Efeitos mil revolve o pensamento,
E não sabe a que causa se reporte:
Mas sabe qu'o que é mais que vida e morte
Que não o alcança humano entendimento.

Doutos varões[1] darão razões subidas;
Mas são experiências mais provadas,
E por isto é melhor ter muito visto.

Coisas há que passam sem ser cridas,
E coisas cridas há, sem ser passadas.
Mas o melhor de tudo é crer em Cristo.

1. Doutos varões: homens em idade adulta que demonstram grande conhecimento.

Vós, ninfas da gangética[1] espessura,
Cantai suavemente em voz sonora,
Um grande capitão que a roxa Aurora[2]
Dos filhos defendeu da noite escura.

Ajuntou-se a caterva[3] negra e dura,
Que na Áurea Chersoneso[4] afoita mora,[5]
Para lançar do caro ninho fora
Aqueles que mais podem qu'a ventura.

Mas um forte Leão,[6] com pouca gente,
A multidão tão fera como néscia,[7]
Destruindo castiga e torna fraca.

Pois, ó ninfas, cantai, que claramente
Mais do que Leônidas[8] fez em Grécia,
O nobre Leonis[9] fez em Malaca.

1. Gangética: relativa ao rio Ganges ou territórios próximos.
2. Aurora: claridade que aponta o início da manhã, antes do nascer do sol.
3. Caterva: grupo de pessoas, animais ou coisas.
4. Áurea Chersoneso: antigo nome da cidade de Milazzo, cena de alguns episódios mitológicos. Diz-se que essa parte da Sicília era um pasto privilegiado para as ovelhas do deus Sol.
5. Mora: demora, espera.
6. Leão: um dos antigos reinos ibéricos surgidos no período da Reconquista cristã.
7. Néscia: ignorante, estúpida.
8. Leônidas: do grego antigo Λεωνίδας, que significa "filho de leão". Rei e general de Esparta de 491 a 480 a.C.
9. Leonis: dom Leonis Pereira, governador com aparato militar que defendeu Malaca do poder dos achéns (habitantes de Sumatra, na Indonésia).

Vós, que d'olhos suaves e serenos,
Com justa causa a vida cativais,
E qu'os outros cuidados condenais
Por indevidos, baixos e pequenos:

S'ainda do Amor domésticos venenos
Nunca provastes, quero que saibais
Qu'é tanto mais o amor depois que amais,
Quanto são mais as causas de ser menos.

E não cuide ninguém qu'algum defeito,
Quando na coisa amada s'apresenta,
Possa diminuir o amor perfeito;

Antes o dobra mais; e se atormenta,
Pouco e pouco o desculpa o brando peito
Qu'Amor com seus contrários s'acrescenta.

Vossos olhos, senhora, que competem
Co'o sol em formosura e claridade,
Enchem os meus de tal suavidade,
Quem em lágrimas de vê-los se derretem.

Meus sentidos vencidos se su'metem
Assim cegos a tanta majestade;
E da triste prisão, da escuridade,
Cheios de medo, por fugir, remetem.

Ma se nisto me vedes por acerto,
O áspero desprezo com que olhais
Torna a espertar a alma enfraquecida.

Ó, gentil cura e estranho desconcerto!
Que fará o favor que vós não dais,
Quando o vosso desprezo torna a vida?

REFERÊNCIAS

A lista a seguir inclui os sonetos que integram o cânone mínimo estabelecido por Leodegário Amarante de Azevedo Filho.[1] Todos os poemas foram extraídos da edição de *Rimas*, publicada em 1598 – uma revisão crítica da obra *Rhythmas*, de 1595, esta organizada a partir de cancioneiros manuscritos recolhidos pelo poeta Fernão Rodrigues Lobo Soropita e financiada pelo mercador de livros Estêvão Lopes –, pertencente à Biblioteca Nacional de Lisboa. Os sonetos, sem título e aqui apresentados pelo verso inicial, eram numerados em sua primeira edição. A tradição se manteve em edições posteriores, sem, entretanto, o estabelecimento de uma numeração fixa, razão pela qual optamos por sua publicação em ordem alfabética a fim de facilitar consultas. Segue-se a ordem em que foram publicados na edição original.

Soneto	**Numeração original**	**Observações**
Alegres campos, verdes arvoredos	Poema 40	
Alma minha gentil, que te partiste	Poema 19	
Amor, co'a esperança já perdida	Poema 50	
Apartava-se Nise de Montano	Poema 53	
Apolo e as nove musas, descantando	Poema 51	
Busque amor novas artes, novo engenho	Poema 15	
Cara minha inimiga, em cuja mão	Poema 23	
Como fizeste, Pórcia, tal ferida?	Poema 61	

1. Leodegário Amarante de Azevedo Filho, 1927-2011, foi ensaísta e filólogo da língua portuguesa, tendo atuado como professor da Universidade Estadual do Rio de Janeiro e da Universidade Federal do Rio de Janeiro. Fundador da Sociedade Brasileira de Língua e Literatura, foi membro da Academia Brasileira de Literatura e membro correspondente da Academia de Ciências de Lisboa. Destacou-se pela pesquisa da lírica medieval e camoniana e foi autor de mais de 80 livros sobre a língua e a literatura portuguesas.

Soneto	Numeração original	Observações
Dai-me uma lei, senhora, de querer-vos	Poema 68	
Debaixo desta pedra está metido	Poema 63	
De tão divino acento e voz humana	Poema 62	
Ditoso seja aquele que somente	Poema 75	Não está incluído na edição anterior (*Rhythmas*), mas aparece em um manuscrito apenso a uma edição desta obra armazenada na Biblioteca Nacional de Lisboa.
Em formosa Lethea se confia	Poema 26	
Em flor vos arrancou, de então crescida	Poema 12	
Enquanto quis fortuna que tivesse	Poema 1	
Esforço grande, igual ao pensamento	Poema 88	Também não está incluído em *Rhythmas*, aparecendo no manuscrito apenso à edição pertencente à Biblioteca Nacional de Lisboa. No manuscrito, o último verso é grafado de forma diferente da tradição impressa: "Jazem nesta lapídea sepultura".
Está-se a Primavera trasladando	Poema 28	
Está o lascivo e doce passarinho	Poema 30	
Eu cantarei d'amor tão docemente	Poema 2	
Ferido sem ter cura perecia	Poema 69	Poema não incluído em *Rhythmas*, registrado no manuscrito apenso à edição pertencente à Biblioteca Nacional de Lisboa.
Fiou-se o coração, de muito isento	Poema 103	Poema não incluído em *Rhythmas*, registrado no manuscrito apenso à edição pertencente à Biblioteca Nacional de Lisboa.
Foi já num tempo doce coisa amar	Poema 85	Poema não incluído em *Rhythmas*, registrado no manuscrito apenso à edição pertencente à Biblioteca Nacional de Lisboa.
Gram tempo há já que soube da ventura	Poema 46	

Soneto	Numeração original	Observações
Lembranças saudosas, se cuidais	Poema 42	
Lindo e sutil trançado, que ficaste	Poema 52	
Males, que contra mim vós conjurastes	Poema 27	
Na metade do céu subido ardia	Poema 70	Poema não incluído em *Rhythmas*, registrado no manuscrito apenso à edição pertencente à Biblioteca Nacional de Lisboa.
Naiades, vós que os rios habitais	Poema 56	
Num bosque que das ninfas se habitava	Poema 20	
O cisne quando sente ser chegada	Poema 43	No original, é publicado erroneamente como sendo o poema de número 8.
O culto divinal se celebrava	Poema 77	Poema não incluído em *Rhythmas*, registrado no manuscrito apenso à edição pertencente à Biblioteca Nacional de Lisboa.
O fogo que na branda cera ardia	Poema 39	
O quão caro me custa o entender-te	Poema 97	Poema não incluído em *Rhythmas*, registrado no manuscrito apenso à edição pertencente à Biblioteca Nacional de Lisboa.
O raio cristalino s'estendia	Poema 99	Poema não incluído em *Rhythmas*, registrado no manuscrito apenso à edição pertencente à Biblioteca Nacional de Lisboa.
Oh, como se me alonga d'ano em ano	Poema 48	
Os reinos e os impérios poderosos	Poema 21	
Os vestidos Elisa revolvia	Poema 96	Poema não incluído em *Rhythmas*, registrado no manuscrito apenso à edição pertencente à Biblioteca Nacional de Lisboa.
Passo por meus trabalhos tão isento	Poema 11	
Pede o desejo, dama, que vos veja	Poema 31	

Soneto	Numeração original	Observações
Pelos extremos raros que mostrou	Poema 44	
Pensamentos, qu'agora novamente	Poema 93	Poema não incluído em *Rhythmas*, registrado no manuscrito apenso à edição pertencente à Biblioteca Nacional de Lisboa.
Quando da bela vista e doce riso	Poema 17	
Quando vejo que meu destino ordena	Poema 54	
Quantas vezes do fuso s'esquecia	Poema 41	
Que me quereis perpétuas saudades?	Poema 101	Poema não incluído em *Rhythmas*, registrado no manuscrito apenso à edição pertencente à Biblioteca Nacional de Lisboa.
Que poderei do mundo já querer	Poema 92	Poema não incluído em *Rhythmas*, registrado no manuscrito apenso à edição pertencente à Biblioteca Nacional de Lisboa.
Quem jaz no grão sepulcro, que descreve	Poema 59	
Quem pode livre ser, gentil senhora	Poema 60	
Quem quiser ver d'Amor uma excelência	Poema 104	Poema não incluído em *Rhythmas*, registrado no manuscrito apenso à edição pertencente à Biblioteca Nacional de Lisboa. No manuscrito, é registrado duas vezes. Na segunda, em versão diferente da tradição impressa a partir do terceiro verso da terceira estrofe: "Ou em outra qualquer alta ventura Ponha-me onde quiser meu duro fado, Que até depois de morto me acharão Na língua o nome, n'alma a imagem pura".
Se alguma hora em vós a piedade	Poema 47	
Se as penas com que amor tão mal me trata	Poema 58	

Soneto	**Numeração original**	**Observações**
Se depois d'esperança tão perdida	Poema 98	
Se tanta pena tenho merecida	Poema 33	
Se tomar minha pena em penitência	Poema 94	Poema não incluído em *Rhythmas*, registrado no manuscrito apenso à edição pertencente à Biblioteca Nacional de Lisboa.
Sete anos de pastor Jacó servia	Poema 29	
Suspiros inflamados que cantais	Poema 73	Poema não incluído em *Rhythmas*, registrado no manuscrito apenso à edição pertencente à Biblioteca Nacional de Lisboa.
Tanto de meu estado m'acho incerto	Poema 9	
Tempo é já que minha confiança	Poema 49	Poema não incluído em *Rhythmas*, registrado no manuscrito apenso à edição pertencente à Biblioteca Nacional de Lisboa. No manuscrito, os dois primeiros versos são grafados de forma diferente da tradição impressa: "Razão é já que minha confiança Se desça de sua falsa opinião". O mesmo ocorre no terceiro verso da segunda estrofe: "E eu tenho na morte a salvação".
Tomava Deliana por vingança	Poema 45	
Tomou-me vossa vista soberana	Poema 36	
Transforma-se o amador na coisa amada	Poema 10	
Verdade, amor, razão, merecimento	Poema 102	Poema não incluído em *Rhythmas*, registrado no manuscrito apenso à edição pertencente à Biblioteca Nacional de Lisboa.

Soneto	Numeração original	Observações
Vós, ninfas da gangética espessura	Poema 105	Poema não incluído em *Rhythmas*, registrado no manuscrito apenso à edição pertencente à Biblioteca Nacional de Lisboa.
Vós, que d'olhos suaves e serenos	Poema 91	Poema não incluído em *Rhythmas*, registrado no manuscrito apenso à edição pertencente à Biblioteca Nacional de Lisboa.
Vossos olhos, senhora, que competem	Poema 65	

Os sonetos seguintes não fazem parte do cânone mínimo da lírica camoniana. Enquanto alguns foram extraídos da edição de *Rimas*, de 1598, outros não aparecem em edições do século XVI, sendo transcritos, portanto, de edições modernas da obra de Camões. Para este trabalho nos apoiamos na edição de *Sonetos* de 1880, editada por José Victorino Barreto Feio e por José Gomes Monteiro em celebração ao tricentenário da morte do autor, além da edição de 1913, de Teophilo Braga.

Soneto	Numeração original	Observações
A formosura desta fresca serra	Poema 219 da edição de 1880	
Ah, minha Dinamene! Assim deixaste	Poema 170 da edição de 1880	
Amor é um fogo qu'arde sem se ver	Poema 81 de *Rimas*	Poema não incluído em *Rhythmas*, registrado no manuscrito apenso à edição pertencente à Biblioteca Nacional de Lisboa.
Cá nesta Babilônia donde mana	Poema 194 da edição de 1880	
Como quando do mar tempestuoso	Poema 80 de *Rimas*	Poema não incluído em *Rhythmas*, registrado no manuscrito apenso à edição pertencente à Biblioteca Nacional de Lisboa.

Soneto	Numeração original	Observações
De vós me aparto, ó vida, em tal mudança	Poema 22 de *Rimas*	No original, é publicado erroneamente como sendo o poema de número 30.
Mudam-se os tempos, mudam-se as vontades	Poema 57 de *Rimas*	
Na ribeira do Eufrates assentado	Poema 276 da edição de 1880	
O céu, a terra, o vento sossegado	Poema 173 da edição de 1880	
O dia, hora em que nasci morra e pereça	Poema 106 da edição de 1913	
O tempo acaba o ano, o mês e a hora	Poema 307 da edição de 1913	
Quando de minhas mágoas a comprida	Poema 72 de *Rimas*	Poema não incluído em *Rhythmas*, registrado no manuscrito apenso à edição pertencente à Biblioteca Nacional de Lisboa. No manuscrito, o primeiro verso da terceira estrofe é grafado de forma diferente da tradição impressa: “Brado: não me fujais sombra divina”.
Vencido está de amor meu pensamento	Poema 159 da edição de 1880	Poema grafado na forma original, em que se evidencia o acróstico formado pelas primeiras letras dos versos, além das letras intermediárias destacadas: “Voso como catjvo mvi alta senhora” (vosso como cativo mui alta senhora).

Este livro foi impresso pela Farbe Druck em fonte Minion Pro sobre papel
Lux Cream 70g para a Edipro no inverno de 2016.